AF454668

L'EGLOGUE DE MARLY.

Divertissement mis en Musique par
PIERRE D'ANICAN PHILIDOR
pensionnaire ordinaire de la Musique
du Roy.

CHANTE'

Devant MONSEIGNEUR à Marly le 4ᵉ du
mois de *januier 1702, et chanté*
à versailles deuant sa majesté le 8 du mesme mois.

PERSONNAGES DE L'EGLOGUE.

LYCARSIS vieux paſtre, pere d'Iphiſe, M^r. *pluuigny*

BELISE vielle bergere, mere d'Iphiſe, Mlle *desenclos*

IPHISE, jeune bergere promiſe à Tircis, Mlle *desenclos.*

TIRCIS berger promis à Iphiſe. M^r *abellard.*

HYLAS berger amant d'Iphiſe. M^r *dastaron.*

IRIS bergere amante de TIrcis. Mlle *eury.*

OEGLE' bergere parente d'Iphiſe, Mlle *desenclos.*

CORYDON berger parent de Tircis. M^r *pluuigny.*

ANETTE bergere amie d'Iphiſe. Mlle *desenclos.*

UN FAUNE.   M^r *pluuigny.*

UN SYLVAIN.   M^r *gouvain.*

Troupe de Sylvains & de Faunes.
Troupes de Bergers & de Bergeres qui ſont priez de la nôce
de Tircis & d'Iphiſe.

La Scene eſt dans les boccages de Marly.

L'EGLOGUE
DE MARLY.

SCENE PREMIERE.

HYLAS seul.

IMABLE & douce solitude,
Charmants Ruisseaux, sombres Forets,
Vous fustes les témoins de mes plaisirs se-
crets,
Vous le serez de mon inquiétude......
C'ESTOIT dans ce reduit charmant
Qu'Iphise me juroit une ardeur eternelle,
Et cependant Iphise, l'infidelle
Comble les Vœux d'un autre Amant......

AIMABLE & douce solitude,
Charmants Ruisseaux, sombres Forets,
Vous fustes les témoins de mes plaisirs secrets,
Vous le serez de mon inquiétude.
EST - IL un supplice plus rude,
Que d'aimer tendrement un objet plein d'attraits,
Et de le perdre pour jamais.
AIMABLE & douce solitude,
Charmants Ruisseaux, sombres Forets,
Vous fustes les témoins de mes plaisirs secrets,
Vous le serez de mon inquiétude.

TIRCIS surprend HYLAS, dans le temps qu'il est le plus attaché à ses pensées.

SCENE SECONDE.

HYLAS, TIRCIS.

TIRCIS.

QUOY je vous trouve seul dans ces bois écar-
  tez !
Hylas, que cherchez vous dans ce lieu solitaire !

HYLAS.

QUE ces bois sont enchantez !
Que ce sejour a dequoy plaire !
Le brillant Dieu qui nous éclaire
De ces heureux climats admire les beautez,
Il repand en ces lieux l'eclat de sa lumiere.

HYLAS, TIRCIS.

DEPUIS qu'un Heros glorieux
  De ses regards favorise ces lieux,
Tout brille en ce sejour d'une grace nouvelle.
Le Printemps en a fait sa demeure éternelle.
  Icy la Terre est toûjonrs belle,
Et les Demons des Airs dans cet asyle heureux

N'inspirent plus une terreur mortelle,
DEPVIS qu'un Heros glorieux
De ses regards favorise ces lieux.

HYLAS.

VOYEZ couler cette onde pure
Sur les humides bords de ces petits Ruisseaux.
De l'Eau qui murmure
Le Zephir agite les flots.

TIRCIS.

HYLAS que ces feintes sont vaines!
Donnez un libre cours à de justes soupirs.
Vous n'aimiez autrefois les Forets & les Plaines
Qu'avec l'objet qui faisoit vos plaisirs.....
Vous voulez, mais en vain, cacher vostre martire.
N'aimiez vous pas Iphise tendrement?

HYLAS.

QVELQVEFOIS j'ay pû luy dire;
Mais ce ne fust jamais qu'un doux amusement.

TIRCIS.

LA perte d'un objet charmant
Est sensible pour nn Amant.

HYLAS.

JE ne connois point la tristesse.

Je sçais me faire un tranquile destin,
Et la perte d'une Maitresse
Ne sçauroit me donner un moment de chagrin....
Je veux punir son inconstance
Par ma froideur & mes mepris.
Je verray son hymen avec indiference ;......
Mais quel est son Amant ?... dite le moy, Tircis.

TIRCIS.

EH bien de mon bonheur connoißeZ tout le prix.
L'hymen m'unit avec Iphise.
Il n'est plus temps de cacher nostre ardeur....
Mais, Hilas, quelle est ma surprise !....
Vous fremißez !... vous changez de couleur !...

HYLAS.

CE n'est qu'une foible vapeur.

TIRCIS.

JAMAIS beauté ne fust plus tendre.
Ah, qu'elle sçait repondre à de vives ardeurs !
Que ses beaux yeux expriment de langueurs !
Que leurs regards se font entendre !
Que sous d'aimables nœuds l'amour unit nos cœurs !..
JAMAIS beauté ne fust plus tendre.

HYLAS à part.

QV AND il perce mon cœur des plus funeſtes coups,
Faut-il encorɇ luy cacher mon coutoux !
Quelle cruelle violence !
O ciel. . . . . .

TIRCIS.

L A jeune Oeglé s'avance.

SCENE TROISIEME.

OEGLE', HYLAS, TIRCIS, CORYDON.

PLVSIEVRS Bergeres & Bergers qui font priez de la nôce d'Iphife, conduits par Oeglé s'avancent en dançant.

CHOEUR des Bergers & des Bergeres.

Par mille jeux, mille tranfports charmants
Celebrons le bon-heur de ces jeunes Amants.

OEGLE' à Tircis.

QVE dans ee jour Iphife eft belle!
Avec Tircis l'Hymen luy paroit doux,
Et le plaifir de l'avoir pour époux
Luy donne encore une grace nouvelle.

TIRCIS.

AIMABLE Oeglé, vous redoublez les feux
De l'ardeur la plus violente.

CORYDON à Tircis.

HASTONS le doux moment qui doit vous ren-
dre heureux

C

Allons trouver cette beauté charmante.

TIRCIS.

VENEZ, venez, mon cher Hylas.
Venez estre témoin du bonheur qui m'enchante.

OEGLE'.

REPONDEZ à son attente.
Venez, venez aimable Hilas.

HYLAS à Tircis & à Oeglé.

DANS un moment je vais suivre vos pas. ...

UN prélude animé exprime le trouble & la fureur d'Hylas.

SCENE QVATRIEME.

HYLAS seul.

DIEUX cruels, que viens-je d'entendre!....
L'Hymen va combler leurs vœux.
Jamais amour ne fuſt plus tendre!....
Mon Rival eſt aimé....mon Rival eſt heureux,
Et c'eſt luy qui vient me l'apprendre!...
Ah, quel aveu!...quelle ſincerité!....
Il me peint les tranſports de ſon amour extreme,
Mille douceurs, dont il eſt enchanté,
Et les plaiſirs que j'éprouvois moy meſme
Avec cette ingrate beauté!....
Mais, laſche, puis-je encore aimer une infidelle!.....
Ah vengeons nous ....oublions la cruelle......
Que le mepris ſoulage mon tourment!
Qu'une autre ayt tous mes vœux & mon empreſ-
ſement!.....
Iris vient en ces lieux.....elle eſt aimable & belle.
Qu'elle me venge en ce moment!.....

SCENE CINQVIEME.

HYLAS, IRIS.

HYLAS à Iris.

VENGEZ vous d'un infidelle.
Tircis bruſle de nouveaux feux.

IRIS.

VENGEZ vous d'une infidelle.
Iphiſe va le rendre heureux.

HYLAS.

Ah, ne me parlez plus d'une ingrate Maitreſſe.

IRIS.

Ah, ne me parlez plus d'un infidelle Amant.

HYLAS, IRIS.

C'EN eſt fait je ſuis ſans tendreſſe.
Avec plaiſir je vois ſon changement.
C'EN eſt fait je ſuis ſans tendreſſe.....

HYLAS.

N'AIMEZ vous plus voſtre Berger?

IRIS.

OVBLIEZ vous voſtre Bergere.

HYLAS.

D'IPHISE pour jamais j'ay ſçeu me degager.

IRIS.

ET Tircis m'a rendu legere,
Vn volage apprend à changer.....
PAR ſes diſcours trompeurs l'ingrat m'avoit ſçeu
    plaire.
Il ſurprit mon cœur ayſement.
Je veux faire choix d'un Amant,
Dont la tendreſſe ayt moins d'empreſſement ,
Et dont l'amour ſoit plus ſincere.

HYLAS.

AVEC Iris j'aimerois conſtament.

IRIS.

C'ESTOIT là le langage ,
Et les ſerments du parjure Tircis.
Vous ſurprenez mon cœur , comme il l'avoit ſurpris;
Mais comme luy vous deviendrez volage.

D

HYLAS.

CEDEZ à mon amour. Aimez, charmante Iris.
Rendons les Dieux jaloux de mon bonheur supresme.

IRIS.

SOYEZ constant.

HYLAS.

HELAS, si vous m'aimiez de mesme,
Que mon cœur seroit content !

IRIS.

HYLAS, faut-il qu'en cet instant
Ma bouche vous assure une tendresse extresme?
Lorsque l'on dit, soyez constant,
N'est-ce pas dire que l'on aime?
Sous les plus douces loix nos cœurs vont s'engager.
que l'inconstance doit nous plaire !

IRIS, HYLAS.

ne brulez pas d'une flamme legere.
Trop heureux le dépit qui nous a fait changer.

ON entend une symphonie champestre.

HYLAS apercevant Iphise.

MAIS j'apperçois mon infidelle.

IRIS apercevant Tircis.

JE vois Tircis ce Berger inconstant.

HYLAS à part.

POVR mieux punir cette cruelle,
Paroissons tranquille & content....

SCENE SIXIEME.

TIRCIS, IPHISE, HYLAS, IRIS, OEGLE',
ANETTE, CORYDON, LYCARSIS, BELISE.

UN Faune, UN Sylvain.

TROUPE de Bergers & de Bergeres.

TROUPE de Sylvains & de Faunes.

LES Bergeres & les Bergers couronnez de Fleurs amenent
Tircis & Iphise en chantant & dançant.

HYLAS aux Bergers & aux Bergeres.

DONNEZ à vos chansons une douceur nouvelle.
Chantons à jamais ,
Qu'Iphise est belle !
Qu'elle a d'attraits !

CHOEUR des Bergers & des Bergeres.

CHANTONS à jamais ,
Qu'Iphise est belle !
Qu'elle a d'attraits !

LES Bergers & les Bergeres dancent au son des haut-bois.

TIRCIS, IPHISE.

QVE mon sort est digne d'envie !

Que mon bonheur va faire de jaloux !
Le plus doux moment de ma vie
Est celuy qui me donne à vous.

CORYDON.

CHANTONS ne songeons qn'à rire.
Folastrons divertissons nous.
Est-il un jour plus charmant & plus doux ?
On voit dans tous les yeux le plaisir qu'il inspire.

BELISE, LYCARSIS à Tircis & à Iphise.

VOUS serez bien-tost contents.
L'Hymen en ce jour vous assemble.
Il nous avoit unis ensemble,
Et nous faisoit conter tous les instants.

ANETTE.

IPHISE n'est plus severe.
De son Amant elle fait un époux.
Il n'est point icy de Bergere,
Qui ne suivit un exemple si doux.

PRELUDE de Symphonie Bachique.

UN Faune, UN Sylvain.

POVR voir les jeux que l'on appreste,
Avec Baccus nous paroissons toujours.
Qu'il soit en ce jour de la feste !

F

Son jus divin anime les amours.

*LES Faunes & les Sylvains celebrent par leurs dances la
joye qu'ils ont de l'Hymen de Tircis & d'Iphise.*

CHOEUR des Bergers & des Bergeres.

*AIMEZ, Bergers, aimez Bergeres.
L'amour repond à nos tendres desirs.
Il fait souffrir quelques peines legeres;
Mais rien n'egalle ses plaisirs.*

*LES Bergers, les Bergeres, les Faunes, les Sylvains en-
tourent Tircis & Iphise de Guirlandes, de Mirrhes
& de Fleurs.*

OEGLE'.

*VENEZ aimables jeux, dans nos douces retraittes
Regnez dans cet heureux sejour.
Chantez Bergers. animez vos Musettes.
Vous ne pouvez dans ce beau jour
Trop inspirer la douceur de l'amour
Par vos aimables chansonnettes.*

LES Bergers de la nôce se réjouïssent en dançant.

IPHISE.

*ACHEVES de combler mes desirs les plus doux.
Amour, formes les nœuds d'une chaine éternelle.
Ne fais pas un volage époux*

D'un Amant tendre & fidelle.

En regardant Tircis.

TIRCIS à Iphise.

L'ORS que l'amour repond à mes desirs,
Je ne sçais point briser mes chaines.
J'estois constant dans les peines,
Je le seray dans les plaisirs.

Les Bergeres de la Nôce dancent au son des Musettes.

HYLAS, IRIS.

UNISSONS nous des chaines les plus belles.
Que rien n'egalle nos feux.
Soyons toûjours les plus fidelles
Des Amants les plus heureux.

LES Bergers & les Bergeres vont faire leurs presens aux
Mariez.

HYLAS.

BEAVX lieux, puissiez vous toûjours plaire
A l'auguste Heros qui vous donne des loix !

TIRCIS.

QU'IL vienne toujours dans nos bois
Que sa presence nous est chere !

HYLAS, TIRCIS.

BEAVX lieux, puiſſiez vous toûjours plaire
A l'auguſte Heros qui vous donne des loix!

HYLAS, IPHISE, TIRCIS.

LES plaiſirs marchent ſur ſes traces.
Ils ſuivent par tout ſes pas.
Noſtre ſejour plein d'appas
Reprend en le voyant mille nouvelles graces.
LES plaiſirs marchent ſur ſes traces.
Ils ſuivent par tout ſes pas.

CHOEUR des Bergers & des Bergeres.

BOIS épais, charmants feüilliages,
Que ce Heros vous cheriſſe toujours !
Nous gouterons dans nos heureux Boccages
La douceur des plus beaux jours.

FIN de l'Eglogue de Marly.

GUERIN.

www.ingramcontent.com/pod-product-compliance
Lightning Source LLC
LaVergne TN
LVHW011439170726
843501LV00009B/3282